(k)

(k)

Épisode
2

Le dép' éclaire à des milles à la ronde
Sophie Bienvenu

Illustrations de
Salgood Sam

la courte échelle

JONATHAN, MON CHUM, VEUT QU'ON FASSE L'AMOUR. MOI NON. JE RÉSERVE MA PREMIÈRE FOIS À JUSTIN TIMBERLAKE, À KURT COBAIN, À GUILLAUME LEMAY-THIVIERGE... OU AU GARS DU DÉPANNEUR.

Y A UN NOUVEAU, À L'ÉCOLE. C'EST LUI! C'EST LE GARS, DU DÉPANNEUR! PENDANT QU'IL PARLE, J'AI DES PAPILLONS DANS LE VENTRE ET UN SOURIRE STUPIDE SUR LE VISAGE.

Moi, c'est Kevin, mais tout le monde m'appelle K. Cet été, j'ai rien fait. Moi, la ferme, les animaux... c'est pas trop mon genre, t'sais.

IL S'APPELLE (K).

De: Émilie
À: 12:43
Date: Mardi

Es-tu fâchée?

De: Moi
À: 12:45
Date: Mardi

Meuh non... :)

De: Émilie
À: 12:47
Date: Mardi

O.K. Cool. :) Mais quand même... Tu le regardes beaucoup, le nouveau, non?

De: Moi
À: 12:49
Date: Mardi

Tu m'énerves.

Une semaine que l'école a recommencé, que je croise Kevin dans les couloirs, que je le vois durant les pauses, que j'espère qu'il va me frôler... Une semaine à me répéter en boucle que je suis une idiote. Une semaine qu'il m'ignore exprès ou, pire, qu'il se fiche complètement de mon existence.

Je n'aime pas du tout cette situation.

Est-ce qu'il me reconnaît et fait semblant que non ? S'il fait semblant que non, pourquoi ? Qui c'est, cette fille qui est venue le chercher à la sortie des cours, hier ? Son amie du stationnement du dépanneur avec ses mèches roses, dans une nouvelle version sans mèches roses ? Est-ce qu'il sort avec elle ? Quand il m'a regardée tout à l'heure, est-ce que c'est parce que je lui plais ? Ou parce que je parlais (un peu) fort et que je riais (un peu) exagérément, et que toute la cafétéria me regardait aussi ? Pourquoi s'est-il ramassé dans mon école ?

Les seules réponses que je trouve à tout ça, c'est le colonel Moutarde, dans le petit salon, avec la clé anglaise.

Il faut que j'essaie d'aller lui parler.

Je sors mon plus beau sourire, ma démarche la plus nonchalante (que j'ai copiée de la fille aux mèches roses et testée quelques fois devant mon miroir), mon air le plus détaché, et je passe devant lui, supposément pour aller me chercher un *refill* de patates pas mangeables.

Je mise sur le fait qu'il va lever les yeux vers moi quand je passerai devant lui, mais il garde le nez dans son assiette. Il ne me reste donc plus que la distance du comptoir à patates jusqu'à ma chaise pour qu'il me remarque. C'est beaucoup trop d'espoir pour dix petits mètres.

Je retourne m'asseoir.

S'il avait été là, mon père aurait sorti une *joke* contenant « faire patate », que j'aurais fait semblant de ne pas trouver drôle.

À notre table, Émilie raconte à Cath et à Julie les détails de son inévitable rupture avec Mike, le gars qu'elle a rencontré dans l'avion, mais elle n'a rien perdu de mon manège :

— T'es encore allée te chercher des patates ?

— Ben oui !

— Pourquoi ?

— Je les trouve bonnes.

— T'es zarb', toi, en ce moment. C'est à cause du nouveau qui n'arrête pas de te regarder ?

En une seconde et demie, tout mon sang part de mes pieds et remonte à mon cerveau, pour redescendre aussi sec, si bien que j'en oublie de noter l'utilisation du mot « zarb' ».

Il faut vraiment qu'elle arrête, avec ses maudites expressions françaises !

Je pense à me retourner pour vérifier si Kevin me regarde là, là, en ce moment même, mais je décide plutôt de la jouer fille-aux-mèches-roses : *whateveeeer*.

— Quel nouveau ?

— Comment ça, quel nouveau ? T'es vraiment bizarre, toi, hein ! Lui !

Émilie pointe Kevin du menton. Je ferme virtuellement les yeux, croise les doigts, touche du bois : «Faites qu'il n'ait rien vu, faites qu'il n'ait rien vu, faites qu'il n'ait rien vu...

— Ah, lui ! (Je sors mon imitation parfaite de la fille-aux-mèches-roses :) Ouin... je sais pas...

— Ben, il n'arrête pas de te regarder, en tout cas. Tu le connais ?

— Vaguement... non... je ne sais pas... Il n'arrête pas de me regarder ?

— Ben, autant que toi, tu le regardes, là...

Émilie fait un clin d'œil à Cath, qui se met à glousser bêtement.

— Pourquoi tu ris ? je lui demande, avant de me retourner vers les deux autres, qui se sont également mises à ricaner. Pourquoi elle rit ?

Elles m'énervent, à faire leurs filles !

Ça ajoute à ma frustration de ne pas savoir si Kevin me regarde. On a déjà vu plus reposant, comme repas !

— Je ne le regarde pas ! C'est juste qu'il ressemble à un des clients que j'ai au dépanneur et je ne sais pas si c'est lui.

— Pourquoi tu ne vas pas lui demander ? intervient Julie.

— Mais parce que... parce que...

Les filles pouffent ouvertement à présent.

— Qu'est-ce qu'il y a de si drôle ?

C'est Jonathan et son plateau qui demandent ça. Émilie s'essuie les yeux (pour faire son intéressante ; elle ne rigolait pas tant que ça) et lui répond :

— C'est ta blonde qui nous fait rire.

Sa blonde. Moi, donc. Au moins, elle n'a pas dit : « On rit parce que ta blonde n'arrête pas de regarder le nouveau et ne veut pas s'avouer qu'elle a un *kick* sur lui. » Une chance !

Jonathan doit supposer que j'ai raconté quelque chose de comique, comme ça m'arrive souvent de le faire.

Alors il rit, et ça m'énerve, parce que c'est épais de rire quand on ne sait pas pourquoi.

Il pose son plateau sur la table et se joint à nous. Une autre raison à mon irritation : son plateau. Tout y est toujours à la même place. Les ustensiles sont regroupés à gauche, sur la serviette. L'assiette se trouve au milieu ; son biscuit, au-dessus, près du fruit ; une bouteille d'eau, couchée à côté ; et le petit *cup* de salade, en haut, à droite. Jonathan, c'est un compulsif du plateau. Une fois, pour voir, j'ai interverti son fruit et son biscuit : il n'a mangé aucun des deux. C'est notre ami Sam-la-mouette qui a récupéré le tout.

Jonathan m'embrasse dans le cou mais, comme je n'ai pas envie que Kevin voie mon cou embrassé par un autre, je me lève.

— Je dois aller à la bibliothèque. On se voit plus tard...

— Tu ne finis pas tes patates ?

— Non. Elles sont dégueulasses.

(K)

12:45 – Thomas dit:
Alors, sœurette, ce début d'année?

12:46 – A.n.i.t.a dit:
Bof…

12:46 – Thomas dit:
Ha! ha! Tant que ça?

12:46 – A.n.i.t.a dit:
Tout le monde me gosse.

12:46 – Thomas dit:
Même le beau Jonathan?

12:46 – A.n.i.t.a dit:
Pfff…

12:46 – Thomas dit:
Y a un petit nouveau, que P.O. me disait?

12:47 – A.n.i.t.a dit:
Oh, tu ne vas pas t'y mettre, toi aussi!

Dernier message reçu le mardi 1er septembre à 12:51

Il m'énerve, mon frère, à toujours mettre dans le mille avec ses questions. Il doit tenir ça de ma mère. Moi, j'ai hérité de ses beaux yeux, mais je pose des questions poches. Il faut faire avec ce qu'on a.

Une fois l'échange avec Thomas terminé en queue de poisson (ce qui me vaudra encore plus de questions embarrassantes), j'entreprends de noter dans mon agenda les cours que j'ai avec Kevin.

Décidément, je n'avais vraiment rien à faire à la bibliothèque.

Je fais donc des calculs savants, des statistiques compliquées et tout et tout, pour arriver à la conclusion suivante : sans compter l'heure du midi, je passerai 64 % de mon temps à l'école dans la même salle que lui.

Pendant toute l'année.

Ce sera 64 % du temps à sentir sa présence, à supporter les sauts de mon cœur et l'afflux de mon sang là où il n'est pas censé être, à attendre qu'il parle, à sursauter quand il bouge, à frissonner quand il soupire, à sourire bêtement quand il éternue, à espérer qu'il fera tomber son crayon pour que je puisse le lui ramasser...

Ce sera 64 % plus de temps que ce que je m'imaginais quand je croyais que je ne le reverrais plus, il y a une semaine de ça, à une époque où ma vie ne menaçait pas à chaque instant de s'effondrer comme une reproduction en allumettes du Stade olympique.

Et on ne parle même pas du temps que je passe à penser à lui!

Histoire de me changer les idées, je me penche sur le problème de géométrie que le prof nous a donné ce matin. Ça parle d'un point A, d'un point B et d'un point C, mais la géométrie m'intéresserait pas mal plus s'il était question de la façon de relier le point K au point A en passant par le point (L)... «Si les coordonnées du point A sont de (24-06) et que celles du point K sont de (13-05), combien de temps faudra-t-il au point K pour parler au point A ou, à tout le moins, pour le remarquer (mettons que le train roule à 215 km/h)?»

Les maths, ce n'est pas bon pour ce que j'ai, visiblement. Ça me fait trop penser à *lui*.

J'ai la tête dans les nuages. Mon esprit est un imbroglio de trains, de lettres, de Jonathan, de son envie de faire l'amour et des mains baladeuses qui viennent avec, d'Émilie qui couche avec le chum de mon frère parce que, «quand il s'agit d'histoires de cœur, il n'y a ni famille ni amitié», et de beaucoup plus que 64 % de Kevin. Tellement de Kevin que le reste devient flou...

Le fait est qu'on voit moins bien au travers de quelqu'un.

La cloche sonne. Bruits de livres qui se ferment, de sacs qui se zippent, de chaises qui raclent le sol, de baskets qui crissent sur la céramique. J'attends que le gros du troupeau soit dehors pour me diriger vers la porte.

Devant la sortie de la bibliothèque se trouve le bureau de M. Paré, le directeur. J'entends celui-ci me héler :

— Mademoiselle Morin !

— Bonjour, monsieur le directeur.

Le ton que j'ai employé aurait été parfait suivi d'une révérence.

Je me suis vue la faire dans ma tête, et je me suis trouvée drôle en tutu. À cause de ça, j'ai raté le début de ce que M. Paré voulait me demander :

— ... à ce jeune homme la salle d'informatique, s'il vous plaît ?

Je riais encore quand j'ai levé les yeux sur le jeune homme en question. Kevin.

Évidemment.

Le point (L) se trouve dans la salle d'informatique. C'est à deux minutes, pas loin, juste à côté... Il faut traverser la cour, mais ça se fait bien.

Le directeur a l'air irrité. Contrarié. Kevin regarde ses pieds, le visage fermé. Je fais mine de consulter les annonces sur le panneau d'affichage, mais je ne perds pas une miette de leur conversation.

— N'oublie pas que c'est une faveur que je te fais en t'acceptant ici, parce que Sylvain était mon ami. Mais si tu penses pouvoir jouer au plus fin avec moi, tu t'en vas droit dans le mur...

L'interlocuteur de M. Paré reste muet. Un rapide coup d'œil me permet de voir que Kevin contemple toujours ses souliers.

— Ta présence aux cours est obligatoire, que ça te plaise ou non. C'est clair?

Hochement de tête imperceptible.

— C'est clair?

Non mais, va-t-il lui ficher la paix, à la fin? Je serre les poings et j'ai un début de nausée.

Hochement de tête perceptible si on regarde attentivement.

— Est-ce que c'est clair?

C'est du harcèlement.

Je me retourne à droite, à gauche, en arrière, mais il n'y a pas de témoin. Il n'y a que moi. Le directeur pourrait tout aussi bien se lever de son bureau et frapper Kevin à grands coups de chaise, ce serait ma parole contre la sienne. Et ça, c'est s'il ne m'élimine pas, moi aussi.

Hochement de tête suivi d'un « oui » timide.

Si M. Paré ajoute : « Oui, qui? », je vous jure, j'interviens.

— Parfait. Alors, bonne journée.

Kevin sort du bureau en demandant s'il doit fermer la porte. Non, il ne le doit pas, donc il ne la ferme pas. Il se retourne, me regarde du coin de l'œil et s'adresse à moi de son air nonchalant :

— Fak c'est où ?

En marchant, je lui demande s'il aime ça, De La Salle, comme école. Il me répond qu'il ne faut pas que je me sente obligée de faire la conversation, et moi, en version trois épaisseurs, je lui assure que ça ne me dérange pas que nous discutions.

— Je discute pas avec n'importe qui, qu'il me répond.

Ensuite, il m'a giflée, m'a traînée dans la boue par les cheveux et m'a rouée de coups. Il m'a crucifiée au beau milieu de la cour, et les autres élèves m'ont lancé des œufs pourris, m'ont insultée et m'ont laissée pour morte. J'étais en train de pleurer des larmes de sang quand un « Enweille, go ! » m'a arrachée à ma rêverie. Il m'a dit « go ! » comme il aurait ordonné à un chien de s'asseoir, et moi, je me suis mise en route.

Je sens son regard dans mon dos. Il a certainement remarqué mes hanches trop larges, mes genoux bizarres même de derrière, mes cheveux qui ne sont pas à leur meilleur aujourd'hui...

Le couloir pour se rendre à la salle d'info est vraiment long. Je m'ennuie de ma croix et de mes œufs pourris.

Il considère que je suis n'importe qui.

Et s'il était juste pas fin ? S'il était juste épais ? S'il était juste (exagérément) *cute* ? Je m'arrête devant la porte de la salle d'informatique et lui annonce que nous sommes rendus.

— Ouin. M'en serais douté.

Il est juste pas fin.

— C'qui a, Princesse, t'attends que je t'ouvre la porte ?

Il est juste épais.

Je m'adosse contre le mur, je croise les bras et, de mon air le plus décidé, je réponds :

— Ouais.

Il sourit, lève un sourcil, fait « non » de la tête d'un air amusé-nonchalant-à-fesser-dedans et entre dans la salle.

Il est juste (exagérément) *cute*.

(K)

22:38 – JonAthan dit :
On se voit demain, bébé ?

22:39 – A.n.i.t.a dit :
Non, je travaille demain.

22:39 – JonAthan dit :
: (

22:39 – JonAthan dit :
Et après ?

22:39 – A.n.i.t.a dit :
Je ne sais pas, on verra.

22:40 – A.n.i.t.a dit :
Je t'appelle quand je rentre.

22:40 – A.n.i.t.a dit :
On se verra dimanche après-midi, au pire.

22:40 – JonAthan dit :
Pffff… O.K., d'abord. Bonne nuit.

**Dernier message reçu le vendredi
12 septembre à 22:40**

Mon quart du samedi commence normalement à 18 h mais, aujourd'hui, je remplace mon collègue Mehdi, un gars un peu bizarre, mais super-gentil quand on le connaît. Le genre à prêter 150 $ à un inconnu qui promet de les lui rendre sans faute le lendemain. Une chance qu'il est le fils du patron !

En ce moment, il tente pour la sixième fois de passer son examen de conduite, examen auquel il se soumet pour « acheter la paix » à son père, qui insiste pour qu'il ait son permis. Mehdi ne voit pas l'intérêt de savoir manœuvrer une auto, alors que son tricycle de livraison lui convient parfaitement. Un bel exemple de leurs nombreuses divergences d'opinion.

Il est deux heures de l'après-midi selon l'horloge de la caisse, et c'est une journée assez tranquille pour relire *L'attrape-cœurs*, de J.D. Salinger, sans être dérangée.

Lorsque Kevin pousse la porte du dépanneur, je le reconnais au tatouage sur son bras gauche, mais sinon on ne dirait pas que c'est le même gars.

Il entre dans le dépanneur en portant un gamin sur son dos et en riant aux éclats, et il se dirige instantanément vers les bonbons.

— Chais pas si j'vais prendre eux autres... lance-t-il d'un ton théâtral. Z'ont pas l'air si bons que ça.

Le gamin, indigné et toujours sur son dos, s'exclame :
— Oui, oui, oui ! C'est mes préférés !

Monsieur-la-lecture-c'est-pour-les-*fifs* fait semblant de ne pas savoir d'où provient la voix et se tourne à droite, à gauche, si brusquement que le gamin perd l'équilibre et se retrouve les deux pieds par terre.

— Aaaah! C'est toi qu'j'entendais! T'étais où? Je te cherchais!

Ça doit être son frère jumeau. Ça ne se peut pas que ce soit Kevin, l'épais, le pas fin. Le gars que j'ai sous les yeux déborde de bonheur, éclabousse la place d'amour (j'en reçois des gouttes). Il est encore plus beau que l'autre. Il a l'air plus vivant.

Ils réapparaissent devant moi alors que je nous imaginais tous les trois faisant une bataille de boules de neige. Je souris comme une épaisse. Nous nous étions mis à deux, le petit et moi, pour faire manger de la neige au grand. Le fun que nous avions, ça ne se pouvait juste pas...

Mon comptoir reçoit un paquet de bonbons bleus.

— M'a te prendre un paquet de Peter Jackson aussi.

— Tu dis pas s'il te plaît? demande le petit.

Pas de réponse. Les réponses, c'est comme les «s'il te plaît»: c'est facultatif. Mon hypothèse de frère jumeau tombe à l'eau: c'est bien Kevin.

— C'est ton petit frère?

— Nah. C'est mon fils.

Le petit lève les yeux au ciel :

— N'importe quoi !

Il me sourit et ajoute, tout fier :

— C'est mon FRÈRE !

Une fois qu'ils sont sortis, je reprends ma lecture :

« Les filles c'est comme ça, même si elles sont plutôt moches, même si elles sont plutôt connes, chaque fois qu'elles font quelque chose de chouette on tombe à moitié amoureux d'elles. »

C'est pareil avec les gars, M. Salinger.

Mais uniquement s'ils sont exagérément *cute*.

Je referme mon livre brusquement. Il doit certainement me rester deux ou trois trucs à étiqueter.

Un peu plus tard, alors que je confectionne avec amour des rouleaux de cennes noires, la clochette de la porte sonne, et Mehdi entre, la mine déconfite. Il a raté son examen.

— Tu savais ça, toi, que les arrêts, t'es OBLIGÉ de les faire même s'il n'y a pas d'autos qui s'en viennent ? soupire-t-il.

Je fais le tour de mon comptoir pour le serrer dans mes bras. Avec Mehdi, tout peut se régler avec un câlin. Il soupire encore, me sourit et va chercher deux bâtons de crème glacée dans le frigo.

Avec Mehdi, tout peut se régler avec un câlin ou de la crème glacée.

— Tu penses que mon père va me déshériter ?

— Ben, déjà si t'arrêtais de piquer des trucs dans les rayons...

— Tu crois que ça le dérange ?

— Ben moi, à sa place, ça me dérangerait, j'imagine... Pas toi ?

Il réfléchit un instant qui me semble durer des heures. J'en profite pour repenser aux deux mois au cours desquels «Medhi-le-gars-fucké-du-dépanneur» s'est transformé en «mon-ami-Mehdi». Aux grandes discussions se prolongeant jusqu'à bien après la fin de mon quart de travail, aux rires, aux confidences, aux câlins pour faire passer une chicane avec son père, aux Ruffles Barbecue trempées dans de la crème glacée à la vanille pour oublier qu'Émilie ne m'a pas écrit aussi souvent qu'elle aurait dû le faire.

Notre amitié s'est installée sans prévenir, sans prendre d'élan. Comme un œuf qui aurait attendu d'être un poulet à la broche pour éclore.

C'est vrai, pourtant, que Mehdi est bizarre. Il cultive une véritable passion pour les années 1970. Il répète sans cesse qu'il n'est pas né à la bonne époque et que, quand il sera «grand» (ce qui peut aller de 25 à 50 ans, dans son vocabulaire à lui), il sera un vrai hippie.

— Et de quoi vas-tu vivre ? lui demande son père, irrité par son attitude désinvolte (et par le disque de Jimi

Hendrix qui joue en boucle et au maximum dans les *speakers* crachouillants).

La scène se répète au moins trois fois par semaine. C'est toujours la même chose.

— Ne crois pas que tu pourras encore venir voler de la nourriture ici, comme ça.

— Ben là... je ne VOLE pas...

— Est-ce que tu paies ce que tu prends ?

— Non, pas vraiment. Mais toi, oui, et toi, t'es mon père, donc ce n'est pas du vol.

— Ah ! c'est mieux de voler son propre père ! Mais qu'est-ce que j'ai fait pour avoir un fils pareil ?

Et là, il regarde le ciel. Toujours. Comme s'il attendait une réponse divine ou des excuses de la cigogne qui se serait trompée de maison en lui apportant ce garçon...

Souvent, c'est à ce moment qu'un client arrive et conseille à mon patron d'être indulgent, parce qu'il est TELLEMENT gentil, Mehdi ! Alors, découragé, M. Bennaceri père part se réfugier dans l'arrière-boutique ou, mieux, il rentre chez lui, non sans avoir égrené en arabe un chapelet de choses pas trop gentilles à l'endroit de M. Bennaceri fils.

Je sais que ce n'est pas trop gentil, parce que Mehdi lui-même me l'a appris.

Je suis capable de dire en arabe « je m'appelle Anita », « merci », « s'il vous plaît » et tous les sacres existants, ou presque. Mais mon apprentissage risque de se limiter à ce maigre vocabulaire, puisque ce sont à peu près les seules choses que mon ami sait formuler dans sa langue maternelle.

Pendant qu'il continue de chercher une réponse à la question pourtant facile que je lui ai posée, je me rends compte que je ne peux plus imaginer ma vie sans lui. C'est comme s'il avait toujours été là.

À la place d'Émilie.

Alors qu'un frisson me parcourt le dos, Mehdi sort de ses réflexions pour lancer de façon assez inattendue :

— J'ai mal au sourcil ; veux-tu regarder ce que j'ai ?

Et c'est fini : tous les déboires de Mehdi, son histoire de « déshéritage », son incapacité à obtenir son permis de conduire, son désespoir et sa mine basse sont remplacés par un long monologue sur le fait qu'on n'a pas souvent mal au sourcil, à bien y penser.

Vous savez qui a de beaux sourcils ?

Kevin.

Pendant que Mehdi passe en revue tout ce à quoi sa douleur « décuplée, car localisée à un tout petit endroit » pourrait être due, Jean Leloup chante *Le dôme* à la radio. Je laisse mon esprit vagabonder.

La jungle s'ouvre devant Kevin et se referme derrière moi. Le même paysage défile sous nos yeux, à droite, à gauche, au-dessus de nos têtes. Je suis épuisée, affamée, mais je continue de le suivre sans douter une seconde qu'il nous mènera à bon port.

Après quelques heures de marche, épuisée, le visage griffé par les branches, les jambes flageolantes, je ne peux plus avancer, et je serais tombée s'il ne m'avait pas soutenue.

Mon intime conviction que nous finirons par arriver au bout de notre quête a disparu. Le désespoir s'empare de moi.

Cette aventure se terminait pourtant bien, dans la chanson de Leloup…

Le silence de Mehdi m'arrache à ma jungle.

— Tu ne m'écoutes pas, on dirait, finit-il par remarquer.

— Mais oui, je t'écoute. C'est fou, cette histoire !

— Je SAIS ! Figure-toi aussi que…

Le discours de mon ami devient un enchaînement de sons auquel je ne prête plus attention et qui berce ma rêverie.

Je suis de retour dans la forêt. Alors que mes jambes se dérobent, Kevin me rattrape au vol, me prend dans ses bras et continue d'avancer, comme un jeune marié portant sa nouvelle épouse vers la chambre nuptiale.

Je sens son cœur battre contre mes côtes, j'entends sa respiration s'accentuer à chaque pas.

Il me serre de plus en plus fort. Dans ses bras, même si nous nous trouvons dans le coin le plus reculé d'une jungle hostile, même s'il est à bout de forces et si je suis tiraillée par la faim et par la fatigue, et menacée par le froid, je me sens en sécurité comme jamais auparavant.

À l'aube, je me réveille un peu désorientée. Ai-je rêvé de tout ça? Où suis-je, où est-il? Il s'agenouille près de moi et dépose un baiser sur mes lèvres. Son visage est serein, soulagé. Il n'a jamais été aussi beau...

— Je pensais que tu étais parti.

— Je n'irai nulle part sans toi. Nous sommes arrivés.

Lorsque Kevin m'aide à m'asseoir, je n'en crois pas mes yeux. Il nous a conduits là où nous devions aller. Devant nous, au creux de la jungle, s'élève... le dépanneur. Mehdi, qui nous a aperçus par la fenêtre, s'approche pour nous souhaiter la bienvenue.

— Allo! Allooooo... allo! Anita? Est-ce que je devrais mettre un pansement ou non, tu penses, sur mon sourcil?

(K)

10:47 – A.n.i.t.a dit:
Pis là, il a dit: «Tu devrais faire attention avec qui tu te tiens.»

10:47 – A.n.i.t.a dit:
Genre, je ne serais pas assez bien pour lui ou je ne sais trop quoi.

10:48 – Emxx dit:
Il a dit ça à Mehdi?

10:48 – A.n.i.t.a dit:
OUI!!!

10:48 – Emxx dit:
Il est cute, ce Mehdi dont tu parles tout le temps?

10:49 – A.n.i.t.a dit:
Il a dit ça et deux ou trois autres trucs à Mehdi, pis il est parti, et je ne sais même pas s'il s'est retourné.

10:49 – A.n.i.t.a dit:
Je ne sais pas si tu le trouverais cute.

10:49 – A.n.i.t.a dit:
Quel con!

10:49 – Emxx dit:
Mehdi?

10:49 – A.n.i.t.a dit:
KEVIN!!!

10:50 – Emxx dit:
Ah! mais pourquoi me parles-tu de lui, là?

10:50 – A.n.i.t.a dit:
Laisse faire.

**Dernier message reçu le dimanche
14 septembre à 10:50**

Plus tard, au cours de la soirée d'hier, Mehdi et moi avons parlé de choses et d'autres, mais surtout d'autres. Nous étions assis sur le banc dehors, en avant du dépanneur. Il avait oublié sa douleur au sourcil.

Kevin est apparu, son skate sous le bras (je me demande s'il monte parfois sur l'engin), son air blasé accroché au visage. La nonchalance personnifiée, quoi. J'oublie toujours à quel point il est beau. Est-il vraiment plus beau de fois en fois? Je l'ignore, mais une chose est sûre : je me liquéfie systématiquement dès qu'il entre dans mon champ de vision.

« Hé! je viens chercher mes *smokes* », a-t-il lancé à Mehdi sans me regarder.

L'intéressé a soupiré:

— Rhaaaa... tu me fais travailler!

Il s'est levé comme un vieillard usé par le temps et a suivi Kevin, qui s'était déjà engouffré à l'intérieur.

J'ai attrapé mon *gloss* « rose cœur » dans mon sac, je me suis regardée dans mon miroir de poche, j'ai remarqué que j'avais un bouton sur le front et j'ai appuyé dessus pour le renvoyer d'où il venait. Cela l'a fâché et l'a rendu encore plus apparent. Bravo, Anita!

Je tapotais frénétiquement ce qui semblait maintenant être une corne en devenir (pour estomper la livre de cache-cernes que je venais d'étaler dessus) quand Kevin et Mehdi sont sortis du dépanneur en riant. Mon miroir a claqué un peu trop fort quand je l'ai refermé, et la contenance que je cherchais désespérément à prendre a tardé à arriver. Un timide «Tu viens acheter tes cigarettes?» a réussi péniblement à franchir mes lèvres.

Kevin m'a fixée quelques secondes, puis a donné ce conseil à Mehdi :

— Tu devrais faire attention avec qui tu te tiens.

Évidemment, l'intéressé a tout compris de travers et a répondu qu'il n'avait bu qu'une bière et qu'il était très stable sur ses jambes. Les plus beaux rouges se sont succédé sur mes joues : un subtil mélange de «tomate honteuse» et de «rage éclatante» (chez votre détaillant SICO).

— J'ai dit : «TU DEVRAIS FAIRE ATTENTION AVEC QUI TU TE TIENS!» a hurlé Kevin à Mehdi en me regardant, comme si ce n'était pas assez insultant la première fois.

J'ai passé en revue toutes les choses que j'aurais pu rétorquer pour lui faire mal. Je n'ai rien trouvé d'assez méchant et douloureux.

Mehdi s'est assis à côté de moi. Il ne semblait toujours pas être sûr d'avoir compris :

— Ah! tu parlais d'Anita?

Kevin a levé les yeux au ciel.

— Vous vous connaissez? a poursuivi Mehdi.

— Ouin… on se connaît, mettons, a marmonné Kevin en haussant un sourcil.

Mehdi a croqué dans sa Twix puis a fait une longue pause, comme quand il s'apprête à livrer une grande vérité de la vie. Je me suis rendu compte que je ne respirais plus, que j'avais mal juste en dessous de la gorge et aussi au ventre. J'ai regardé mon ami pour ne plus voir Kevin.

— Ah! a-t-il lâché, les yeux dans le vague. Je ne l'aurais pas cru, vu la façon dont tu parles d'elle…

J'aurais pu l'embrasser, lui chanter une chanson ou lui faire la vague. Je me suis juste contentée de jeter le regard le plus perçant possible à Kevin en laissant échapper un gloussement satisfait. Kevin a eu un léger sourire. Son demi-sourire qui lui donne un air à fesser dedans, mais *cute* à en mourir.

— Bon ben, je me pousse! Bye, *man*! a-t-il lancé.

— Bye! Tu me redonneras des nouvelles pour le chandail, lui a répondu Mehdi.

— O.K., pas de troub'!

Et là, à ce moment précis, Kevin m'a fait un signe de tête. Imperceptible. Invisible à l'œil humain. Mais je crois l'avoir vu. Ou pas.

Il s'est éloigné, son skate sous le bras, et Mehdi a repris la conversation en entamant sa deuxième barre de chocolat:

— Il n'est pas de même pour vrai, t'sais…

— Comment ça, «de même»?

— Cave.

13:23 – JonAthan dit :
On se voit tantôt ?

13:23 – A.n.i.t.a dit :
Je ne peux pas, j'ai des trucs à faire.

13:23 – JonAthan dit :
:(Plus tard ce soir ?

13:27 – A.n.i.t.a dit :
Pas aujourd'hui, mais on se voit demain.

13:27 – A.n.i.t.a dit :
Bisous, je dois y aller !

Dernier message reçu dimanche 14 septembre à 13:23

Lundi matin.

Je n'ai pas beaucoup dormi depuis l'épisode du dépanneur. Pourquoi Kevin agit-il comme ça avec moi ? Qu'est-ce que je lui ai fait ? Ça doit être une histoire de vie antérieure ou quelque chose du genre. J'ai certainement dû massacrer toute sa famille au cours d'une rixe entre nos deux clans barbares. C'est la seule explication valable que j'ai trouvée. Ça, ou c'est un imbécile.

Aujourd'hui, je ne suis pas la seule dans la classe à avoir l'air endormi. Cath dessine machinalement des visages de filles dans son cahier, Émilie tourne une mèche de cheveux entre ses doigts et Sam se tient la tête, les deux coudes appuyés sur son pupitre. Le prof n'est pas mieux. Il a les paupières lourdes, le regard éteint, le sourire vers le bas... Fatigue ou découragement ?

Je balance discrètement à Sam un message griffonné sur un morceau de papier plié en huit : « J'ai besoin de ton adresse MSN pour le devoir d'anglais. » Un peu déçu que ma missive soit au sujet de l'école (alors qu'il souhaitait certainement qu'elle renferme une méchanceté sur Julie Trottier ou une remarque cinglante sur la tenue du prof), il gribouille : « sam_is_da_man@hotmail.com. Je vais te passer mon agenda ; tu me donneras la tienne. Le turquoise lui va bien, ça fait ressortir le rouge de ses yeux. » Méchanceté sur Julie Trottier. J'esquisse un sourire, regarde discrètement à ma droite, prends note mentalement de ne jamais porter de turquoise et attrape l'agenda que Sam me tend.

À la page des adresses, tout le monde a ajouté un petit mot : Émilie a dessiné des cœurs au-dessus des « i » de son prénom et a écrit sous son numéro de cell : « Appelle-moi quand tu veux, beau brun », et il y a un *smiley* qui cligne de l'œil sous son courriel. Jonathan a mis : *« Keep on rocking ! »* Moi, je m'applique à noter : « Dans mon vaisseau, c'est toujours moi, le héros ! », parce que c'est Sam qui m'a fait découvrir le groupe Le Volume Était Au Maximum.

Alors que je finalise mon point d'exclamation, je constate qu'une seule personne s'est abstenue d'ajouter un petit mot à côté de son adresse : kay777@hotmail.com.

Mon cœur sort de ma poitrine, rebondit sur le dos de ma voisine de devant, puis reprend sa place en chamboulant tous mes organes internes. Ça ne peut être que l'adresse de Kevin.

Une fois ma contenance retrouvée, je me retourne vers Sam et pointe l'adresse du doigt, les sourcils froncés, l'air interrogateur. Sam fait un signe vers le fond de la classe, où Kevin s'assoit d'habitude quand il daigne se présenter aux cours. Mon cœur fait encore des siennes.

Je vais mourir d'un infarctus à seize ans ; ce ne sera pas beau, vous verrez.

Le dialogue silencieux continue :

« Pourquoi t'as son adresse ? » que je mime en affichant la mine la plus dégoûtée qu'il me soit possible d'obtenir sans vomir réellement. Pas question que cette pipelette de Sam comprenne que le nouveau m'intéresse !

— On va aller faire du skate ensemble, me répond-il un peu trop fort.

Je me retourne en vitesse vers le prof, qui nous dévisage, mon correspondant et moi, avec suspicion, et je prends l'air le plus concentré que je peux.

Concentrée, je le suis.

J'ai l'adresse de Kevin.

Il m'arrive souvent d'avoir des discussions avec moi-même. J'ai appris, avec le temps, à les confiner dans mon esprit pour éviter de passer pour une folle.

— T'as l'adresse de Kevin, et après ?

— Ben, j'sais pas... mais c'est cool.

— Qu'est-ce que tu vas faire avec ?

— J'sais pas.

Je suis agaçante, quand je veux...

— C'est Jonathan qui serait content.

— Arrête, tu m'énerves !

— C'est toi qui m'énerves. Regarde comme il est *cute* dans son chandail que t'aimes bien.

Je suis mes propres conseils, et mon regard se pose sur Jonathan dans son chandail que j'aime bien. C'est vrai qu'il est *cute*.

— Et pas juste à cause du chandail ! me dis-je encore, histoire d'enfoncer le clou.

Accoudé sur son bureau, il joue machinalement avec son stylo.

J'aime ses mains.

Ce sont les premières mains que j'ai tenues dans les miennes en pensant qu'elles étaient un peu à moi aussi. J'ai eu des *chums*, avant lui, des histoires qui ont duré quatre ou cinq jours, trois semaines maximum, et j'ai frenché quelques fois en arrière d'un arbre ou à un arrêt d'autobus.

J'ai eu d'autres mains dans la mienne, et d'autres lèvres sur ma bouche, mais je n'avais jamais « possédé » un peu de quelqu'un d'autre avant Jonathan.

Le col de son chandail frôle l'arrière de son cou, encore bronzé par l'été passé au soleil.

C'est le premier cou que j'ai embrassé en éprouvant un quelconque intérêt, et pas simplement pour faire comme tout le monde. Le cou de Jonathan, qui est un peu mon cou aussi, donc.

Ce qui m'amène à la réflexion suivante : si le corps de Jonathan est un peu le mien, peut-on dire que faire l'amour avec lui serait en quelque sorte de la masturbation ?

Je vais bien me garder de lui poser la question, histoire de ne pas lui donner un nouvel argument lorsqu'il essaiera de me convaincre que nous devrions « passer à la vitesse supérieure ».

Interpellé par mon examen bien peu discret, mon *chum* se retourne, me sourit et me souffle un bisou.

Vous avez déjà vu des téléséries dont l'histoire se passe dans les hôpitaux ? Il y a immanquablement un malade qui a un arrêt cardiaque et que les docteurs essaient de sauver à grands coups d'électrochocs : une fois, deux fois, trois fois... Aucun battement. Quatre fois... Toujours rien. Cinq fois... Là, le spectateur se dit que c'est foutu... Toujours rien.

Suspense.

On peut lire alors la résignation et le découragement sur le visage des médecins. Mais il y a invariablement un docteur qui n'abandonne pas.

Sixième fois.

Bip... bip... bip...

Un bisou soufflé, et mon cœur bat à nouveau. Pour Jonathan.

Mais pour combien de temps ?

(K)

23:25 – Tania dit :
Allo ! :)

23:25 – Kay dit :
Allo ! On se connaît ?

23:25 – Tania dit :
Tu ne te souviens pas avec qui tu frenches ? : P

23:25 – Kay dit :
? ? ?

23:26 – Tania dit :
Cet été, à un party chez je ne sais plus qui.

23:26 – Kay dit :
Euh… Attends, là…

23:26 – Tania dit :
C'est pas grave, t'étais pas mal trop saoul pour t'en souvenir.

23:32 – Kay dit :
Ouin, O.K. Je vois quel party c'était.

23:33 – Kay dit :
Ça y est, je te replace.

23:33 – Kay dit :
Ça veut dire que je n'étais pas SI saoul que ça. lol

23:33 – Kay dit :
Comment ça va ?

Dernier message reçu lundi 15 septembre à 23:33

Catastrophe!

La «fille-aux-mèches-roses-pas-de-mèches-roses» est revenue chercher Kevin tantôt, à la sortie.

Ses genoux à elle ont l'air corrects, et ses hanches sont moins larges que les miennes. Mais si ce n'était que ça!

Je discutais avec Jonathan en avant de l'école en faisant semblant de ne pas voir Kevin, adossé sur le muret du trottoir d'en face, lorsque mon *chum* a mis ses mains froides dans le bas de mon dos. J'ai crié et je me suis débattue en riant. Il m'a semblé que Kevin levait les yeux au ciel de l'autre côté de la rue. Mèches-roses est arrivée quelques secondes plus tard, perchée sur ses genoux plus beaux que les miens, et ils se sont fait une bise. Pas deux. Une. Il a avalé une bouffée de sa cigarette à elle, il la lui a remise dans la bouche, il l'a prise par le cou, puis ils sont partis.

Pendant tout ce temps-là, pendant la bise, pendant la cigarette, pendant la prise par le cou et pendant leur départ, Kevin me regardait, un sourire narquois accroché à sa face à claques.

Comme si j'étais une méduse échouée sur le sable, et lui, un méchant gamin muni d'un bâton et de l'envie de faire souffrir.

Eh bien, moi, Anita Morin, j'ai décidé que c'en était assez! Je vais venger toutes les méduses torturées depuis l'invention des bâtons, et ça commence ce soir.

DANS LE PROCHAIN ÉPISODE

Mon plan machiavélique pour me venger de Kevin et de son attitude comporte décidément des risques majeurs… Entre autres pour ma santé mentale.

Je vais le faire, un jour, le truc des films. Je jure que je vais le faire. Je vais hurler, hurler, hurler tellement fort et tellement longtemps que les vitres vont voler en éclats.

EN VENTE PARTOUT LE 15 JUIN 2009

Sophie Bien

LA DISCUSSION DE L'HEURE :
Comment se rapprocher
de quelqu'un qui nous plaît ?

epiz

LES SÉRIES   LES AUTEURS   CAPSULES

Rock&Rose

UNE HISTOIRE SUR FOND DE GUITARE ET DE GLAM

MARIE HÉLÈNE POITRAS

epizzod.com

NUMÉRO 01 I 11 MAI 2009

Rock&Rose

NOUVEAU DÉPART

epizzod

Sophie Bienvenu

Sophie Bienvenu est une fille, une jeune fille ou une femme, selon son humeur. Elle possède un chien, des draps roses et un sofa trop grand pour son appartement. Après avoir suivi une formation en communication visuelle dans une prestigieuse école parisienne, elle a décidé d'exercer tous les métiers possibles jusqu'à ce qu'elle trouve sa vocation. C'est en 2006, à la parution de que Sophie Bienvenu a décidé de devenir une auteure (idéalement célèbre et à succès) ou, du moins, d'écrire des histoires qui plaisent aux gens. Dans sa série elle dépeint des jeunes évoluant sur fond d'amour, d'humour, de drame et de fantaisie.

Salgood Sam

Au début des années 1990, Salgood Sam fait de la bande dessinée et de l'animation tout en pratiquant d'autres formes d'art. Depuis l'an 2000, il se livre aussi à l'écriture, au « blogging » ainsi qu'au « podcasting ». Il a publié plus d'une trentaine de titres de bandes dessinées chez Marvel et DC Comics, et a été finaliste dans la catégorie « talent émergent » à l'occasion de la première édition des prix Doug Wright en 2005. En 2008, il a collaboré avec l'auteur et éditeur Jim Monroe à la publication du roman graphique *Therefore Repent*. En 2009, plusieurs de ses nouvelles paraîtront dans les anthologies *Comic Book Tattoo* et *Popgun 3*. La publication de *Revolver R* est également prévue pour octobre 2009. *(k)* est la première collaboration de Salgood Sam avec la courte échelle.

Les éditions de la courte échelle inc.
5243, boul. Saint-Laurent
Montréal (Québec) H2T 1S4
www.courteechelle.com

Direction littéraire : Julie-Jeanne Roy

Révision : Leïla Turki

Direction artistique : Jean-François Lejeune

Infographie : D.Sim.Al

Dépôt légal, 2ᵉ trimestre 2009
Bibliothèque nationale du Québec

La courte échelle reconnaît l'aide financière du gouvernement du Canada par l'entremise du Programme d'aide au développement de l'industrie de l'édition pour ses activités d'édition. La courte échelle est aussi inscrite au programme de subvention globale du Conseil des Arts du Canada et reçoit l'appui du gouvernement du Québec par l'intermédiaire de la SODEC.

La courte échelle bénéficie également du Programme de crédit d'impôt pour l'édition de livres – Gestion SODEC – du gouvernement du Québec.

Catalogage avant publication de Bibliothèque et Archives nationales du Québec et Bibliothèque et Archives Canada

Bienvenu, Sophie, 1980-

    Le dép'éclaire des milles à la ronde

    (Epizzod)

    (K ; épisode 2)

    Pour les jeunes de 14 ans et plus.

    ISBN 978-2-89651-150-1

    I. Salgood, Sam. II. Titre. III. Collection: Epizzod.

PS8603.I357D46 2009   jC843'.6   C2009-940829-5
PS9603.I357D46 2009

Imprimé au Canada

DANS LA MÊME SÉRIE